꽃잎은 바람에 날리고

**박수호**

1953년 땅끝 해남읍 안동리에서 태어났다.《시와동화》등에 글을 발표하면서 작품 활동을 시작하였다. 시집으로 『우리가 사는 도시의 외로움에 관한 보고』『솔안말 찾아가는 길』『물끄러미』『목련 비에 젖다』『인간관계론을 읽다』등이 있다. 교원문학상, 공무원문예대전, 수주문학상, 복사골문학상, 등대문학상 등을 받았으며 소새시동인, 한국시인협회, 한국작가회의 회원으로 활동 중이다.

sooho9@daum.net

# 꽃잎은 바람에 날리고

—
초판 1쇄  2024년 6월 25일
지은이  박수호
펴낸이  김영재
펴낸곳  책만드는집
—
주소  서울 마포구 양화로3길 99, 4층 (04022)
전화  3142-1585·6
팩스  336-8908
전자우편  chaekjip@naver.com
출판등록  1994년 1월 13일 제10-927호
ⓒ 박수호, 2024
—

* 이 도서는 부천시 문화예술발전기금 일부를 지원받아 제작되었습니다.
—
ISBN  978-89-7944-870-2 (04810)
ISBN  978-89-7944-354-7 (세트)

책 만 드 는 집

시인선 241

# 꽃잎은 바람에 날리고

박수호 시집

책만드는집

끝내 어쩌지 못하는 마음
이것을 무어라 해야 할지 망설이는데
발등에 꽃잎 떨어진다
어디로 가야 할지 묻고 싶은
오후 3시다

2024년 6월
솔안말에서

| 차례 |

# 2부

# 3부

# 4부

1부

# 얼룩

집에 가던 길
길모퉁이에서
바람에 떠밀리고 있던 광고지

와이셔츠 목 때, 커피, 김치 얼룩…… 어떤 얼룩이
든! 물 없이 간편하게 문질러서 얼룩 완벽 제거

어떤 얼룩이든 완벽 제거한다는 말에
바지 소매 끝에 진 얼룩을 지워보고 싶었다
사실 그것보다는
한 시대를 건너는 동안 내 안에 묻어 있는
얼룩들을 생각하였다

주변을 둘러보고는
그 광고지를 허리 숙여 주위 들고
한 시대의 모퉁이를 돌아들었다

# 땅끝

끝이라 생각했는데
다다르고 나니
길은 또 이어져 있데그려
산다는 일은 온전한 지도를 가져야만
나설 수 있는 것은 아니겠지만
길 위에서 겪은 일들이야
자네나 나나 그저 그만그만하지 않았는가
휘어진 생활에 부대끼다 보면
어디론가 훌쩍 떠나고 싶을 때가 있지
그럴 때 땅끝을 찾아가 보세
그곳에는 그리운 것들이 등불을 켜 들고
우리의 등을 따뜻하게 데워줄 것이며
우리보다 먼저 온 파도는
퍼덕이는 비늘 같은 서정抒情들을 되작이고 있을
것이네
  사는 일이 조금은 팍팍하거나 마음에 들지 않더라도

세상을 있는 그대로 받아두기로 하세
바람도 파도도 소리를 낮추고 있지 않는가
밤늦도록 자네를 뒤척이게 하던 것이
무엇인지는 군이 묻지 않겠네
적잖은 세월이 얹혔는데
어찌 처음 같을 것인가
길은 다시 시작되고 있으니
우리는 꿈꿔야 하고 더 가야 하네
몇 번을 맞이해도 아침은 새롭지 않던가

* 시집 『물끄러미』(2013)에 발표했던 「땅끝에서」 일부를 수정.

# 가을비

그해 봄, 안개가 만들어냈던 세상을
글로 담을 수 없어서
그날 일을 입안에 넣고
아직까지 굴리고 있듯

니 마음대로 해라
내던지듯 말하고는
뒤 한번 돌아보지 않고
가버렸던 새끼의
뒷모습처럼

가을보다 먼저
고추잠자리를 앞세우고
저만치 걸어가는
가을의 그 걸음걸이처럼

날이 차가워졌지만
아무 계획이 없는
토요일 아침처럼

말하면 할수록
허망해지는 말처럼
막연하게 그렇게
비 내린다

갈, 가을처럼
비가 내린다

# 마량에서

여느 항구에서는
바다가 발아래까지 밀려오지만
마량에서는 바다가
가슴께까지 올라온다
거친 바람이 불어와서
바다를 뒤집을 듯 흔들어대도
이곳에 닿으면 몸을 뒤척이듯
작게 흔들리다 만다
종종 비바람 불어오고
단풍 들고 눈 내리기도 하지만
맑게 갠 날이 더 많다
달은 차올랐다가 기울고
다시 차오른다
그러면 포구는 어부들을 바다로 내보냈다가
뭍으로 불러들인다
사이사이 수수꽃다리가 피고 수수가 여문다
바다가 바라보이는 나지막한 언덕 위

슬레이트 지붕 밑 조그만 방에는
신비한 안개 속 풍경 같은 이야기들이 산다
이야기들은 날마다 기둥에 기대기도 하고
옷이 걸린 벽으로 서 있기도 한다
비스듬히 누워 연속극을 보고
낮은 베개를 베고 잠든다
오늘이라는 그만그만한 이불을 덮고
그래도 괜찮아질 거라고 믿는 내일을 꿈꾼다
햇살이 처마 아래 창문의 어둠을
밀어낼 때쯤이면
노을을 선홍빛으로 엎질러 놓고
어쩔 줄 몰라 하던 꿈속을 빠져나와
바다로 걸어 나간다
지난 일들을 되작이며
떠났던 사람들의 근황을 궁금해하기도 한다
마량에서는 들고 나는 것들이
꽃 피고 지듯 한다

# 오도카니

빛들이 흩어지는 일몰의 시각
고이는 생각은 헐겁고 서늘하다

말은 좀처럼 뜻이 되지 못하였고
저쪽으로 건너가지도
건너오지도 못하였다

그럼에도 어떤 것도
혼자 오거나
혼자 가지는 않는 모양이다

거의 닿을 것 같은 풍경은
밖에 있고 흔적은
내 안에 있다

어머니는 얼마 전

왔던 곳으로 돌아갔다

이제는 닿을 수 없고
만져지지 않고
그리하여 불리지도 않을
막연한 아릿함이 되었다

둥글다는 것은 슬프다

어떤 이야기처럼
주위는 어둠에 잠기어가고
나는 혼자 오도컨하다

# 잡년

잡념으로 머리가 산만해져서라고
쓰려다가 오타를 내서
잡년으로 머리가 산만해져서라고 쳤다
잘못 써진 글씨를 보고
피식 웃음이 나왔다
그런데 속은 시원하였다
왠지 모르겠지만
뱉어야 할 것을 뱉어낸 것 같았다
사실 오래전부터
잡년이라고 쓰려는 계획을
갖고 있기라도 했던 것 같았다
그 일 이후에
속이 답답한 일이 있거나
머리가 복잡하고 어지러울 때마다
잡년, 은~ 잡년
하고 뱉어내는 버릇이 생겼다

그러면 속이 편안해지고
복잡했던 마음이 가지런해지고
아팠던 골치가 개운해지기도 했다

# 아기와 봄

꽃이 피더니
하늘을 들었다 놓았다

아기도 눈을 떴다
잠깐, 다시
눈을 감았다

# 소서 小暑

풀 우거진 곳에
돌 하나 있고

돌 위에 달팽이
느리게 긴다
오체투지의 자세로

그 사이 꽃 막 피어나고

햇살 서너 개 내려와
꽃잎 흔들어댄다

따라 흔들리던 생각마저
멈추고 사방은
숨죽인 듯 조용하다

# 생각 속에 잠기다

전화 소리가 울렸다
통화하기 전에 무슨 일인지 짐작은 갔다
우리는 왜
자기가 가지고 있는 것을
남에게서 구하려고 하는 것일까
침묵의 뜻을 눈치채지 못했다면
무슨 말이 또 필요하겠는가
영원하고 싶다 하더라도
아무래도 우리는
우연한 짧은 만남이 아니겠는가
때가 되면 모였다가
흩어지는 것처럼
도심 속 홀로인
우리들의 모습처럼
팽팽한 균형은
순간에 끊어질 것이 분명하지 않은가

이렇게 해보면 어떨까

표정 없이 창밖을 바라보다

생각 따라 생각 속에 잠기는 일

# 화담 禾淡

곤지암역에서 내려 2번 출구로 나가 마을버스로 갈아타면 화담숲까지 갈 수 있다 그 숲을 말하려는 것인지 저 개성의 황진이가 짝사랑하던 화담花潭을 말하고 싶어 하는 것인지 알 수 없다

나에게는 오랜 친구가 있다 그를 생각하며 화담禾 淡, 이라고 부르려고 하면 삼복을 지나서 가을로 들어설 무렵, 물이 가득 담겨 있는 논에서 모가지를 막 밀어 올리기 시작하는 나락들이 논물에 그림자를 드리우고 있는 풍경이 떠오른다 좌우지간 그는 종종

내 그릇의 크기는
종재기만 한 것 같아

이렇게 말한다 말 그대로 마음 씀씀이가 종재기만 한지 사발만 한지는 잘 모르겠다 쥐뿔도 없는 것들

이 가끔 되지도 않게 노는 것을 보고 한마디 하지 않고는 배길 수 없어서 툭 던지는 말인 것 같기도 하다
그렇건 그렇지 않건, 우리가 그 이름을 자꾸 부르는 것은 그 종재기에

　무엇을 담으려는 것인지 그것이 궁금해서다 이름을 화담이라 지었던 사람의 생각도 궁금하다
　말이 씨가 된다는 말이 있다 우리가 화담이라고 부르면 그는 화담이 될 것이다

# 비처럼


홀로 있을수록
함께 있다

그 말처럼

비가 내린다
비처럼 비 내린다

# 인간관계론 40

　말을 삼가라는 말을 귀에 못이 박히도록 들었건만
내 주위에는 헛된 말들이 비듬처럼 떨어져 있다 창
밖으로 눈길을 돌리는데 미안하게도 연둣빛 새잎이
눈부시다 저 연둣빛으로 번질 수 있으면 좋겠다

# 집으로 가는 길

집으로 돌아가는 길
색을 쓰고 있는
가을 나뭇잎을 보았다

단풍은 물들지 않아
본래 가지고 있던
성깔을 드러냈을 뿐

불탄다고 말하더라도
별다를 건 없지 싶다

그래도 다시 물어본다
저것들은 어디서 오는 것일까?

대답은 없고
멀지 않은 곳에서 종소리가 들릴 듯 말 듯 울린다

이어 새가 한 마리
이쪽 가지에서 저쪽 가지로 옮겨 앉고
가늘게 흔들리고 있는 나뭇가지에서
나뭇잎이 두엇 떨어진다

바람이 기척 없이 흔들릴 때
대문을 살그머니 밀었다
그 사이 가을이 반걸음 더 깊이 따라 들어왔다

# 인간관계론 41

살아가는 일이 항상
햇빛 쨍해야 하는 것은 아니지
흐리면 흐린 대로 괜찮지 않아

우리는 만나고 헤어지고
또 만나기도 하지
나무들이 가지에서 이파리를 덜어내는 걸 보니
이제 자리를 뜨려나 보네

무엇인가 얻었다면
무엇인가를 잃게 되기도 하듯 말이야

하늘은 텅 비어 있고

이 풍경을 보며
이만하면 됐다

라고 말하려는데
쉬! 조용 이라 쓰여 있는 입간판이
눈앞에 서 있더라고

# 처음

세상의 일이란 별로 특별할 것 없지
대개 그렇고 그런 일일 뿐

오늘은 밥을 먹고
내일은 똥 싸는 일 같은 것

그렇게 말하는 사람이 있지
시작은 시시하고
그 끝은 소소하다고

그렇건 말건 마지막은
처음으로 다시 돌아간다는
생각을 하게 되는 것일까

# 눈물

언제부터인지 눈이 뻑뻑했다 눈물이 부족하다고
한다 눈물이 부족한 사람들에게 눈물을 파는 곳이
있어 이 눈물을 넣기 시작했다 아침에 한 번, 자기 전
에 한 번 눈물을 한 방울씩 눈에 넣고는 눈시울을 적
신다 이 눈물도 진짜 눈물처럼 주르륵 뺨을 타고 흐
른다 손등으로 눈물을 닦아본다 그러면 슬퍼지기도
하고 콧등이 시큰해지기도 한다 어쩌면 살아 있는
동안 눈물의 양은 정해졌을 것인데 내가 헤프게 쓰
고 다녔기 때문에 생긴 일이라 생각이 들었다 TV드
라마를 보다 찔끔, 늦가을 지는 나뭇잎 떨어지는 모
습을 보다가 찔끔, 또 그냥 찔끔 이러다가 눈물을 넣
을 때마다 감동이나 슬픔 같은 것을 찔끔거리게 될
지도 모르겠다는 생각을 했다

# 체중

이런저런 이야기를
무게로 말하는 일
쉽지 않았으리라

앞이 있고 뒤가 있고
위가 있고 아래가 있다
다면적이라 해도 좋다

체중계 위에 올려보았다
나를
쓸데없이 무겁다고 바늘이 말하고 있다

2부

# 뜻밖에

비가 한 사흘 내렸다
내리다 그쳤다

비가 그치자
매미가 소리를 질러댔다

쓸쓸 쓰을윽

무어라 하는지는 모르겠다
다만 쓸쓸하게 들렸다

뜻은 뜻 밖에 있기도 하다
쓸쓸

# 공원

지나고 있던 공원
머리가 희끗한 사내 둘
시선을 따로 한 채 하는 말이
바람에 실려 왔다

아무리 이어보려 해도
잘 되지 않았다

사람들 사이 관계는
생각보다 훨씬 헐렁해서
쉽게 끊어진다는 생각을 했다

나무에서 이파리가 딱 하나 떨어져도

한쪽에서는
아직 꽃들이 모여서
피는 것이 보인다

# 우리 집

햇살 내려앉기 시작하는 마당

밤새 공중누각만 쌓다
소란하게 부서지는 말

아스라한 슬픔이 깜빡이기도 했지만
쪽문을 열면 세상이 출렁 밀고 들어오던

오늘이라는 허름한 이불을 덮고
푸른곰팡이가 자라는 방에서
발톱을 깎던

지난 시간에 젖게 하는 그림
한참 지난 우리 집

그 아침

# 4월

꽃이 폈다고 야단이다
그러나 꽃은 피지도 않고 지지도 않는다
세상의 어둠을 밀어내고
환하게 꾸미려고도 하지 않으며
다만 거기에 있을 뿐이다

사람들은 시간이 흐른다고 말한다
시간은 흐르지 않는다
끊임없이 바뀔 따름이다

강물은 끊임없이 흐르지만
강은 언제나 거기 있다
흐르는 강은 흐르면서
흘러가 버리지는 않는다

무언가를 말하려는지

몸짓을 바꾸어가며
4월은 설명이 길다

# 성한이 형

내 증조부님은 슬하에 아들 하나를 두었다 조부님
께서는 아들 셋, 딸 둘을 두었다 그중 둘째 백부님의
막둥이 아들이 성한인데 나에게는 종형이다 꽃 피던
봄이었던 것 같다 둘째 백모님의 아흔두 번째 생신
이라고 아들딸 손자 손녀 그리고 조카들까지 모두
모였다 그 흥청거리던 분위기를 깨며 성한이 형이
느닷없이

어머니
응
인자 돌아가셔도 좋겠소
아야 먼 뜬금없는 소리냐
모두 모였을 때 돌아가시면 다시 모일 필요도 없고
어머니도 기분 좋게 떠나실 것 같은디요
그래야 그래도 한 이 년 더 살고 싶은디
그래라우 그라면 그라씨요

주고받는 대화가 선문답 같기도 하고 조금은 무거운 듯하였는데 말 끄트머리쯤에서는 봄날 꽃망울 터지듯 웃음이 터져 우리를 환하게 하였다

그러던 우리 둘째 백모님은 말씀하신 것보다 더 오래 사시다가 아흔아홉에 돌아가셨고, 우리는 다시 모여 아흔두 살 생신 때처럼 흥청거렸다

그런데 우리를 허망하게 만들어버린 일은 백모님이 세상을 뜨신 지 얼마 되지 않아서 성한이 형이 백모님을 따라나선 일이었다 백모님이랑 미처 못 나눈 이야기가 있어서일 거라고 짐작은 하지만 그래도 그렇지, 그렇게 급하게, 참 어이없었다

# 인간관계론 42

바람이 불어온다

오늘 이 바람은
어제의 바람이 아니라고 한다

우리는 바람 부는 곳에서
이파리를 내고 푸르렀다가
단풍 들고 눈꽃 피운다

# 인간관계론 43

　겨울 들판 텅 비어 있는 곳 다가가서 보면 저희끼리 다가올 것을 맞을 준비 하고 있다 허리 굽히고 다가가 바라보면 꼬무락거리는 무언가 있다 알아들을 듯 말 듯 하게 일어나자 일어나 하는 소리 들린다 텅비었다고 생각되는 곳에서 소리로 빛으로 다가온다 주변 하찮은 것들에게 한 발짝 더 가까이 다가가 보면 보이는 것이 적지 않다 될 수 있으면 몸을 낮출수록 잘 보인다

# 불립문자 不立文字

한 사내가 담벼락에 대고
오줌을 싼다
고개를 처박고 중얼거린다

씨펄 씨펄
니미 씨펄

고개를 저렇게 깊이 처박은 것은
떨어지는 오줌발로 무엇을 해보려는 것인지
후회스러운 지난날을 반성하겠다는 것인지
알 수 없지만 느리게 뱉어내는 소리

아무리 두드려도
쉽게 열릴 것 같지 않은 문을 향해
서 있는 저 자세로
무엇을 말하고 싶은 것일까

바람 때문인가
몸이 흔들리는 것은
술 때문인가
뱉어낸 말도 흔들린다

니 기…… 씨-이

멀어지면서 소리는
뚝뚝 끊어졌지만
누구에게 하는 말일까

골목 <u>끄트</u>머리에 있는 집
문을 밀고 들어설 때까지
어쩌지 못하여 끌려가듯,
하찮고 허름한 무언가를 흘리듯

씨 펄 네 에 미 씨 이 벌

# 영춘永春이

그가 걸어온 길은
꽃들이 피어나는
소란스러웠던 봄
생각잖은 소나기를 만나는 길이었다
그래봤자 다른 사람들과 엇비슷하게
한 걸음 물러났다
두 걸음 앞으로 나아가는 일과
크게 다르지 않았다
비나 눈이 다녀갈 때가 있었고
맑게 갠 날도 있었다
사이사이 목련이 피고
살구가 여무는
그런 봄을 살았다 영춘이는
봄날같이 살기를 바랐던
감당굴아짐 큰아들이다

# 아직까지

우리는 혼자서도
온전할 수 있는가

생각과 생각이 부딪혀
풀어지지 않는 실타래처럼
헝클어져서
정리할 수 없다

눈만 껌벅거리다
창밖에는 아침

# 그 자리에

바람이 길을 건너는
삼월 끄트머리
목련이 피어난다

아무리 절박하더라도
빵은 구걸하지 않겠다
결기로 단단했던 시절을
우리는 한참 지났고

목련은 머물러 그 자리에 있다

그래도 아무 곳에서는
꽃 피우지 않겠다는 뜻인지

길 건너
슬레이트 지붕 모퉁이

담벼락에 기대면

다시 목련꽃 터지는 소리 들린다

# 생뚱맞은 생각

소파나 의자에 앉아 있다가 존다 졸다 깨어서 내가
잠을 잤나! 하면서 툭 털고 일어난다 이렇게 잠깐씩
조는 횟수가 늘어났다 어처구니도 없고 생뚱맞다고
생각하면서도 이제 잠자는 연습을 하는구나 하는 생
각을 잠깐 하였던 것이다

# 시시한 시

바람이 술렁거리며
소리를 낸다

언뜻 보기에는
사랑을 나누는 것 같기도 하다

슬픔마저도 사랑의 일부고
그리운 것은 멀리 있다 말하려는 순간
비로소 발끝이 보였다
바람 끝이 뭉툭해진 오후 3시
어제도 이 자리에 있었다

끝내 어쩌지 못한 마음
길 끝에 서 있으나 다시 길이다

서로 뒤엉키는
말들이 시시해 댄다

# 치과에 다녀오며

저녁 식사를 하다 딱딱한 것이 씹혔다 깨진 이빨이었다 얼마 전부터 시원찮아 보이던 놈이었다 날이 새자 부리나케 치과에 갔다 이는 뽑아야 한다고 하여 뽑았다 임플란트 해야 한다고 하여 그러자고 했다 이를 뽑고 얼마 지나 이 빠진 자리에 나사못을 박았다 입을 벌려 의사에게 보이는 일은 나사를 박는 동안 느꼈던 통증보다 힘들었다 치과를 도망치듯 빠져나왔다 내 몸의 헐거워진 수많은 나사를 생각했다 삐걱거리고 덜컹거리는 소리를 낸다 빌려 썼던 것을 제자리로 돌려주어야 할 때가 되었다고 말하는 것 같다 밖으로 나와 길 건너를 보니 나무가 매달고 있던 잎사귀를 두엇 날려 보낸다 계절이 바뀌려나 보다 나뭇잎도 때가 되면 본래 왔던 자리로 돌아간다는 이치를 펼쳐 보인 것이라는 생각이 들었다

# 지나온 길

걸었던 길을 뒤돌아
보고 싶을 때가 있다

발에 차인 돌멩이
무심코 밟고 지난 풀
이마에 떨어지던 빗방울
둥근달을 품고 있던 포구의 하늘
그곳 한 모퉁이에 앉아 있던 낡은 의자

그것들이 오래전부터 기다리다
조그만 간격을 두고
나를 스쳐서는
생각 밖으로 지나갔고

우리는 예상 밖의 다른 지점에
서 있는 것을 알 수 있다

3부

# 고향집

늙은 어머니가
홀로 계신다

자식들은 집을 떠나
멀리 도회에서 산다

올 추석에도
혼자 지내시려는 것 같다

뒤안 소나무에
멧비둘기 와
구룩구룩 울 것이다

고향집에 가지 못하는
나는 멀리 도회에서
멧비둘기 우는 소리를
들으려 귀를 모을 것이다

# 째보선창

지워져 버린 곳
늘 바다가 밀려와서 일렁거렸다
어느 날은 더 깊숙이 밀고 들어왔고
땅으로 기어오르고 싶어 했다
어떤 때는 심드렁해서
뒤척거리며 어른거리다가
몸을 돌려 나가버리기도 했다
어부는 물때에 맞춰 바다로 나갔다가
조금이 되면 선창에 배를 댔다
그런 날은 등불은 일찍 꺼졌지만
집마다 두런거리는 소리가 새어 나왔다
그렇게 골목마다 쏟아진 새끼들을
바다는 흔들어 키웠다
봄여름가을겨울
또 봄여름 가을 이어 겨울
콧수염이 거뭇해질 무렵

선창 선술집에서 얼큰히 취해
흘러나오는 뱃사람들의 젓가락 장단에
목포의 눈물을 들으며
하나둘 선창을 떠났고
계절은 계절을 밀어내며
사소한 이야기를 덮어두었다
세상 속으로 날아간 아이들은
새 떼처럼 흩어져 가끔
가슴 아픈 소식을 전해 오기도 하고
잔물결로 흩어지는 이야기를
바람결에 실어 오기도 했다
어찌 세상일이 마음대로 될 것인가
살다가 삶이 버거운 놈은
비린내가 그리운 선창에 찾아들어
기억 저편의 이야기를 뒤적거리는 동안
어둠은 소리 없이 내리고

하늘에는 별이 떴다
별은 바다에도 떨어져 흔들리며 서 있고
다순구미 언덕에도
돌아서는 것들을 다독이듯
따뜻한 불빛이 하나둘 눈을 껌벅거렸다
바람도 돌아갈 곳으로 돌아가고
조금새끼들이 떠난 째보선창에는
별들이 수없이 박혀 있었다

# 흔한 사랑

버스에서 내려
모퉁이 돌아가는 건물 현수막
ー고객 여러분 사랑합니다

저런 사랑도 사랑이라 해도 되나

그러는 사람들 사이에서는
살구꽃 피고 지기도 하지만
곧 배꽃도 빠지겠다

# 하고 싶은 말

꽃이 핀다

햇빛이 잠깐 들다 지나가 버리는
바람에 밀려온 허황하고 아픈 말들이
쌓이는 질척거리는 곳에서도
꽃은 조심스럽게 핀다

자꾸 뒤돌아보는 것을 보면
무언가 하고 싶은 말이 있는 듯하다

# 십이월 초하루

오후에 오랜 친구들과 만나 시간 남짓 이야기를 나누었다 이야기는 사소하고 하찮았고 말소리는 서로 엇갈려 나갔다 집에 돌아와서는 무슨 이야기를 했는지 기억이 남아 있는 것이 없었다 고향집에 홀로 계신 구순을 넘긴 어머니에게 전화를 했다 기다렸다는 듯이 동네 한 바퀴를 돌고 와서 막 저녁을 먹었다고 말씀하였다 너는 먹었느냐고 물었다 아직 먹기 전이라고 말했다 하루 전에 주고받던 말과 토씨만 조금 달랐다

바람인가 움직임이 있어 고개를 돌려 창밖을 보니 나뭇가지 끝에 이파리 하나 매달려 있다 아슬아슬하다는 생각을 했다 방 안까지 어둠이 밀고 들어왔다 나는 어둠에 잠겨 내가 지워질 때까지 의자에 앉아 있었다

# 하루

눈을 뜨면
밀고 들어오는


꿈 잠 아침 정신 햇빛 눈부시다 메타 AI 초월적 세
계 현실 바람 챗GPT 갈망 짱짱하니 허무 용케 순교
너 붉은 꽃잎 필요하다 골똘 으짜꼬 먼 소리여 자네
어디 갈 데 있는가 그작저작 끊임없이 피곤 떠오름
웃음 구구 행위 우리 같이 사세 그라재 시상천지에
대삽에 바람소리 인간형 형상화 세태 간섭 진정성
불평등한 세상 섬 맥락 유언 막막함 폴세 존일 하소
무색해지는 되돌아보듯 충격 훼손 고맙다 돌맹이는
무엇 사람의 뜻과는 관계없는 말장난 워메워메 그냥
깊고 아득하다 꼼짝없이 둠벙 무 미학 조절 장치 한
계 햇볕 문득 두근거리는 웅크린다 산다 늙고 병든
견딘다 당혹스럽다 하루도 쉽지 않아 분명해진다 비
유한 것이 아니다 적폐 거절 긍께말이요 어짜도저짜

도 못한디 참말로 성가시네 오메 징한 거 지각 여여
반짝 일방통행 아짐 뒤꼍 작은 그나저나 똥구녕 뻴
건 것이 잘 되얏소야 별일 없겠지 현실과 관계없이
동동거리다 연연하다 합리주의 갈수록 늘어가는 흰
머리 꾀병 갱신 다짐 괜찮다 그란께 사람이제 꽃 한
나 피는 것도 하눌이 짚이 생각하고 하는 일이여 그
래도

　생각이 많았구나

# 다시, 4월

올봄에도
꽃이 핀다
금방 터질 것 같은 울음처럼
또 4월이다

지난해 보낸 것들
다시 돌아오지만

뒤돌아보며
내 곧 온다 하고
집 나선 당신을
기다린 지 오래

눈물을 쏟으며 울던 기억 아득하다
이제는 눈에 모래가 낀 것 같아
눈을 자주 껌뻑거린다

눈물을 닦느라 손수건을 꺼낼 일 없다

아직 이름 부르며
사립문을 들어설 것이라는 생각 가득한
붉은 꽃망울 같은 4월
바람은 이리저리 몰려다니며
우우 소리를 질러댄다

* 제주 4.3 74주년 추념 시화전 작품.

# 꽃잎은 바람에 날리고 나는

이름만 불러도 시가 된다고 하네요

복수초 꽃마리 씀바귀 가시엉겅퀴 쑥부쟁이 벌개
미취
산수유 이팝나무 천리향 아그배나무 수수꽃다리
자귀 쥐똥나무 배롱나무

이름은 이름에서 시작해서 이름으로 이어진다는
말을
꽃과 꽃, 나무에서 나무로
눈길을 건너가며 듣고 있습니다

내영이 청계 구철이 미정이 영수 부식이 보경이
명옥이 열래 정선이 로담 정민이 정희 영숙이
상문 영춘이 규한 기자 정수 인덕이 양수 화담이
홍순이 창용이 정록이 병호 영자 영현이 공님이 영
희 춘환이 석천이 승덕이 길호 석용이……

그리고 너 나 우리

입가에 밥풀처럼 묻어 있던 웃음들

윤이 하린이 지혜 완이 지정이 진규
이쯤 되면 이름을 부르는 일이
꽃 같다고, 시 같다고
하여도 될는지 모르겠네요

남김없이 피고 지는 꽃처럼
이름은 저마다의 생각을 굴리며 가겠지요
햇살 부산하여
이 고요를 눈치채지 못하듯

새소리 꽃가지를 옮겨 다니는 풍경을 바라보고 있
습니다

# 남평아재

동네에 들어서면
수루메기 소나무들이
한 줄로 서서 사람을 맞이한다
남평아재도 그렇게 사람을 맞는다

골목마다 쏟아지던
조무래기들 노는 소리
시끄러웠는데 한 놈씩
공부한다며 떠나고
한겨울 두부 내기 화투를 치다 판이 커져
논을 팔고는 떠나고
가난이 힘들어
도회로 떠나갔지만
남평아재는 동네에 남아 살았다

아직도 동네에 들어서면

감나무가 서 있고
살구나무가 꽃을 피우고 열매 맺는다
그렇듯

남평아재는 동네일이 있을 때마다
그 자리에 있는
동네를 지키는 나무다
떠났던 사람들이
그래도 마음을 기대는
선산의 큰 소나무다

# 시선

어디에 두느냐
생각은 서로 갈린다

밖에 두고 있는 시선을
거두어 안에 두어야 할 것 같다

창을 타고 흐르는 빗물을
바라보는 것은 어떻겠는가

어디에다 두어야
그럴듯한 답이 되겠는지
생각 중이다

# 말뫼봉 아래 안동에서는

땅끝 해남에는 안동이라는 동네가 있다 오래전 수실水室, 화곡禾谷이라고 했다 수실에서는 수렁과 둠벙이 떠오르고 화곡이란 말 속에는 나락골짜기가 떠오른다 물이 풍성하여 나락농사를 짓기 좋았다 곳간에서 인심 난다고 했다 먹을거리가 풍성하니 마음이 너그러웠던 사람들이 어우러졌던 곳이다 안동은 말뫼에서 뻗어 내려온 줄기가 동네 한가운데에서 뭉실하게 구릉丘陵을 이루었다 그 구릉을 뒷등이라고 불렀고 그 뒷등에 등을 기대고 모여 살았다 구릉에서 동쪽 말뫼봉을 바라보고 있는 집들이 있는 곳을 구렁에라고 했고 그 구릉에서 남쪽을 보고 있는 집들을 보고 너멧-동네라고 불렀다 큰동네는 뒷등에 등을 대고 서쪽을 바라보고 앉았다 동네 앞을 살짝 가려주는 조금 돋아져 있는 언덕이 있었다 그곳에 집 몇 채 말뫼봉을 향해 있었다 그 안산에 등을 기대고 남서쪽의 희재를 바라보는 곳에도 집들이 몇 있었는

데 샘잔등이라고 불렀다 이 모두가 안동이다 안동부
사가 살았다고 해서 붙여진 이름이라고 한다 골짜기
와 골목길 논밭에는 사랑 이야기만이 아니라 사소하
고 소소하고 하찮아 보이는 이야기들이 꽉 찼다

### 말뫼(마늘뫼)

안동을 말뫼가 품에 안듯 하고 있다 산 모양이 마
늘 모양이다 그래서 호산葫山이라고도 하였고 붓을
닮았다 하여 문필봉이라고도 불렀다 이곳에는 문필
가들이 많았고 고을 원님들도 안동 앞에서는 몸을
낮추었다는 소문이 아직도 떠돌아다닌다

### 안산

산이라 할 수 없다 말뫼에서 볼 때 사람이 앉았을
때 앉은뱅이책상 같은 나지막한 언덕을 동네 사람들
은 안산이라고 불렀다 아침 동이 터오는 즈음에는

말뫼에서 떠오르는 해가 맨 먼저 안산에 찾아들었다 마치 새로운 하루를 여는 것 같았다 그보다는 재산 아재와 재산 아짐의 풋풋했던 한때 사랑 이야기가 귀를 솔깃하게 하였다 목포에 살고 있는 재산 아재의 아들 규한이 형이 가끔 들러서 아버지와 어머니를 그리워하기도 한다

## 샘잔등과 개보

안산에 등을 기대고 희재(백야)를 바라보는 곳을 샘잔등이라고 했다 샘이 있었고 개보가 있었다 서당골, 연여골, 금산골짝에서 흘러내린 물이 개보에 모였다 농사짓는 데 쓰고 아이들 놀이터였다 광택이 형 규한이 형 영춘이 정수는 꼴을 한 망태기 베어놓고 오거나 열나게 뛰어놀다가 땀에 흠뻑 젖으면 달려와서는 더위를 식히며 물놀이하고 경조개 다슬기를 잡고 놀았다 지금은 농지정리를 하여 지워지고

없다 그래도 그날의 아이들이 놀면서 떠드는 소리가 지금도 들리는 듯하다

## 너멧동네

구릉에 등을 대고 남쪽을 바라보는 양지바른 곳을 너멧동네라 불렀다 상순이 재학이 문재 형 석근이 아재 석용이 삼영이 경택이 경현이가 땅뺏기, 말뚝박기 놀이 하며 노느라 떠드는 소리가 시끄러운 곳이었다 양지바른 곳이어서 햇살이 아주 따뜻하였다 말 뫼에서 내려오는 산줄기가 참 포근하게 감싸 안았다 우터구, 제발등이 너멧동네 가까이 손을 내밀고 있는 곳이다

## 제발등과 우터구

남쪽에서 우리 동네가 훤히 내려다보이는 제발등, 우터구는 이곳에서 태어나 생을 마치고 저세상으로

건너간 사람들이 유택을 마련하여 문패를 달고 있는 경우가 꽤 된다 안개가 휘돌아 감싸듯 신령스러운 기운이 감도는 곳이다 이 동네가 낸 건한 시인은 여기가 바로 내가 묻힐 자리라는 것을 명심하고, 가족애와 화목으로써 힘써 꽃밭 가꾸듯 하여야 할 것이라고 말하고 있다 그곳에는 안동에서 나서 크고 늙어 저세상으로 건너간 사람들이 모여 있다 눈을 뜨면 동네 골목을 기웃기웃 살피다가 저녁 해거름이 되면 동네에서 돌아와 잠자리에 든다

### 뒷방죽과 새방죽

임진란 후에 안동 뒤쪽(북동쪽)에 흙으로 제방을 쌓아 물을 모아두었으니 뒷방죽이다 가뭄에는 갈라진 논에 물을 대고 아이들의 놀이터였다 겨울에는 썰매를 타고 여름에는 멱을 감았고 연꽃이 피는 그림 같은 곳이었다

새방죽은 우터구와 제발등 사이에 제방을 쌓아 저수지를 만들었다 목포 아재가 읍내에 나가 활동하던 시절 우리 동네에 유치하였다는 소문이 떠돌아다니기도 했다 동네에서 나서 어릴 때는 뒷방죽에서 놀다가 좀 더 크면 새방죽에서 놀았다 이 두 방죽의 물로 나락농사를 지었다 뒷방죽 새방죽 둑에서 보면 유월에는 어린모들이 줄을 맞추어 푸른 하늘을 이고 서 있는 것을 볼 수 있었고 시월이면 나락이 익어 고개를 숙이고 있었다 세상 어떤 것도 이보다 부러울 게 없었다 가을이 깊어 추수를 하면 들판과 마당에 나락벼늘이 가득하였다 보기만 해도 배가 불렀다

　금산재, 노리-골, 다래논, 새바우 논, 마당-바위, 말-바위, 외-배미, 외내밋골짝, 분산, 망년-등(망년굴), 서당골, 수실고개(수실재), 여녀골, 체축-굴, 자구대-잔등, 모릿등 비석-등(미륵등), 숫파탕, 수루메기

이런 이름들을 가만히 입안에서 굴리면 세상살이의 고단함이 아침 해에 어둠 밀려나듯 사라진다 어렸던 한때가 골목길 모퉁이를 돌아가는 것 같기도 하다 안동에 살았던 몇은 동네를 떠났고 새로운 사람 몇은 동네에 들어와 산다 아직도 두런거리는 이야기가 길다 세월이 더해질수록 어떤 기억은 희미해지지만 어떤 기억은 더 또렷하고 선명해지기도 한다

# 일기

ㄱㄷㄴㄹㅁ바ㅅㅇㅍㅈㅊ

뜻밖에 일이 많았다


말이 발을 달고 저만치에서 걸어왔다
걸을 때면 몸은 앞으로 나아가지만
생각은 왔던 곳을 향하고 있는 것 같았다


급하게 지붕을 두드리는
빗소리를 들었다


말은 좀처럼 말을 듣지 않았다


마치 꿈속 같았다

# 인간관계론 44

바쁘게 하루를 지내다가
풀리지 않는 실타래 같은 것이
머릿속에 뒤엉켜 있을 때
해가 지는 쪽을 향해 서 있으면
바람이 돌아가야 할 곳으로
돌아가는 것을 볼 수 있다
우리도 흐르지 않을 것 같지만
이 순간에도 흐르고 있고
그 흔적처럼 우리의 가슴에는
수많은 별 이야기가 찍힐 것이다
이야기는 그렇게 이어질 것이다

# 인간관계론 45

    등산, 제대로 산꼭대기에 오른 적이 없다 산은 우리가 함부로 오르거나 볼일 다 끝내고 허리춤을 올리며 내려오거나 할 수 있는 곳이 아니지 않은가 그저 품에 안기듯 숨결을 느끼면 되는 것이 아닌가 등산이라는 말에서는 오만한 사람 냄새가 지린내처럼 난다 그래서 등산이라는 낱말보다는 산에 든다는 말을 좋아한다

# 어어

길을 가다
소나기를 만났습니다
'어어' 나도 모르게 소리가 나왔습니다

나도 모르게 터진 소리는
맨몸같이 솔직하였습니다
설명이 필요 없는 순간이었습니다

그때 일도 그렇거니와
내가 저질러놓은 짓거리를
어떻게 설명해야 할지
어어
나는 잘 모르겠습니다

# 비 오는 날

버스 정류장까지 함께 가는 길
내 쪽으로 우산을 기울여 주느라
그의 왼쪽 어깨가 젖었습니다
그렇게 기울이는 우산이
별 뜻은 없다 하더라도
그 어깨를 둘러싼 온기가
무슨 집착처럼 따라왔습니다

사람에게서 사람에게로 건너가는 신호는
가늘지만 강렬할 때가 있습니다

저쪽에서 건너오는 바람에
비 냄새도 묻어왔습니다

빗소리가 몸에 고였습니다
나를 길게 끌고 다녔습니다
아무튼 그날은 참 묘했습니다

4부

# 혼자라는 것

숲속에 나무가 서 있다
그 곁에 눈이 내린다

무너지듯 내린다
사실은 혼자 내려앉는다

나무가 서 있는 근처를
나도 혼자 지난다

잠깐 모였던 것들이
흩어지는 것을 보았다

혼자가 되어
뒤 한번 돌아보지 않고
돌아가는 것을 보았다

사람만이 혼자라는 계절을 타는 것은 아니다

# 다짜고짜

바람은 불고
꿈은 쪼그라들고,
밤이 깊은데 잠은 오지 않고
어차피 산다는 일이
우리가 입어야 하는 남루한 옷일지라도
대답을 얻고 싶은
의문부호일지라도

비가 올 것 같으면
우산을 준비해야 하지 않겠는가

너에게 다가서려는
이 말을 너는 알랑가 모르것다

이쯤 해두자

# 떨어져 내려서

날이 차가워진
햇살 수더분하게 내리는 날 아침
마지막 남은 나뭇잎
무슨 계획처럼
가만 떨어져 내려서
제 발등을 덮는다

# 사진과 풍경

곧이곧대로의 모습이 좋다

오늘에 머물지도 않고
골목에 묻히지 않게

사사로움이 끼어들지 못하게
보이는 대로 담아두어야 한다

그렇게 한 컷이면
상상이 현실이 되기도 하고
뜻밖에 이야기들이
건너가거나 건너온다

그렇더라도 사진은 직설이다

# 혼잣말

생각이 많아지는 요즘
정해진 곳 없이 막연하게 걸었다
바람 부는데
나뭇가지 끝 아스라한
이파리가 흔들리고
사실은 내가 흔들리고 있는지 모르겠다
이러지도 저러지도 못하는 내게
느닷없이 비가 들이쳤다
알아서 하시오
맥없이 혼자 중얼거리다
다시 걸음을 옮겼다
아무 뜻 없었다

# 꽃이 피면


답을 찾느라
보냈던 시간들

이상하게도
마땅한 말은
생각나지 않았다

모든 물음에는
그럴듯한 답이 있다고 생각했다

길이 멀다 싶지만
걸으면서 우리는
여러 풍경을 만난다

어떤 것은 보자마자 눈에 들어오고
어떤 것은 마주치기도 한다

그렇게 우리를 스쳤고
어쩌면 우리가 그냥 지나쳤으리라
이쯤에서 길을 잃어도 좋을 것 같다

곧 꽃은 질 것이다

# 아무 말 없이


함께 가고 싶다고
그림자처럼 따라오는 것이 있었지만


떠나겠다고
우우 소리 지르는
숲이 있었다


오는 것들과
떠나는 것들을
그저 바라보기만 할 뿐


아무 말을 할 수 없었다

# 때때로

눈비는 다녀갔지만
맑게 갠 날이 있었고
사이사이 이팝나무꽃이 피고
복숭아가 여물기도 했다

집 모퉁이에
애기똥풀 꽃 피웠더니
돌아서 보니
꽃 졌더라

저리 왔다 가도
한 세상이라고 하나 보다

그저 바라볼 수밖에 없었다

# 온전하게

사는 일은 사람으로 시작해서
사람으로 끝이 난다

세상을 아무리 들여다본다고 하더라도
사람을 온전히 이해할 수 있을까마는

사람이 그립고
사람이 궁금한 날은

두런거리는 빗속으로
바람이 돌아서 가듯
자박거리는 걸음걸이로 집을 나선다

다행히도
온전하겠다는 생각은 따라오지 않고

길 건너편 배롱나무가

저녁을 맞으려는 자세로

꽃 피우고 서 있는 것을 보았다

# 아무 생각 없이

아무 생각 없이 사는
삶의 즐거움을 이야기하는 사람이 있다

겨울은 쉽게 오지 않는데
혼자 겨울인 사람이 있고

애기똥풀이 꼭대기에
비행접시 같은 꽃을 피우니
멀리 안드로메다 성운에서 별이 반짝 빛나더라고
떠들고 다니기도 한다

아무튼 뻥을 치고
다니는 놈이 있다

이러니
아무 생각 없다는 말을

누가 믿기나 하겠나

그렇더라도
아무 생각 없이 사는 놈이
있기는 있는 것 같다는 생각이 드는 것이다

# 인간관계론 46

사람들 가운데 있어도
잘 섞이지 않는다
아무리 애를 써도
너는 너고 나는 나다
너는 또 다른 내 이름이라는 말에
그랬으면 좋겠다는
생각은 해보았지만
화장실 하나도
대신 가줄 수 없다는 것을 안다면
외로울 수밖에
우리는 거기까지인 것이다

# 인간관계론 47

앞모습보다는
돌아서 가는 뒷모습에서
솔직함이 묻어날 때가 있다

앞을 향하여 걷기도 바쁘겠지만
걸음 멈추어 서서 뒤돌아보는
눈길을 따라가 보면

계절이 가고 계절이 오고
그 길로 우리가 흐르고

생각보다 먼저 오고
생각보다 먼저 간다

# 생각 하나

너는 지금 뭐 하나
아무것도 아니야
라는 말이 되돌아왔다

말은 입 밖으로 쏟아지는 순간
입안에 있을 때보다
그 크기가 바람 빠진 풍선처럼 형편없이 쪼그라들지
그렇다 하더라도 말하지 않고는
살 수 없지 않은가

누구나 눈다
내 마음이 그랬어
툭 툭 내던져진 말들

말과 말 사이 간격은
헤프고 멀다

어쩌겠어 무엇을 말하려는지
골똘히 생각 중이야

# 천천히

한 해가 저무는 지금
누구는 아프고
누군가는 버겁게 지친 몸을 끌고
한 골목을 돌아드는 것 같다

그 모습을 바라보다가
나는 어슬렁거리고 싶어졌다
뎅그렁뎅그렁
우는 종소리가 듣고 싶어졌다

그 생각 속에 헤어나지 못하고
한눈파는 사이
집으로 가는 길 벗어나서
내려야 할 정거장을 지났다

별 내용 없는 생각으로

저무는 한때가
이야기처럼 떠내려가고 있었다

# 오래 남는다는 것

얼마 전 오랜 친구를 만났다
아쉬운 듯 손을 흔들며 돌아서는데
살짝 굽어 있는 그의 등과 처진 어깨
거기에 배어 있던 쓸쓸함

화들짝하게 환한 봄이지만
그 이면의 허망함과 적막 같은

돌아서는 발걸음처럼
수십 번 왔다 간 것처럼
당겼다 놓았다 하는 일처럼

그런 풍경들이 겹치며 만들어내는
어쩌지 못하는 거리
등 뒤에 떨어져 있는
어디에서 본 듯한 낯섦

햇살 땅바닥에 떨어지며

잘게 부서지던 소리

오래된 물음 같은 그 뒷모습

# 우수를 지나서


이월 끄트머리
이러지도 저러지도 못하고 망설이는데
비가 내려야 무지개 뜬다
라는 어설픈 말로
나를 일으켜 세우려 하네요


세상일이 늘 그렇지만
생각 안에 있었던 일은 아니지요


바람이 에두르지 않고 방향을 바꾸자
고천암 가창오리 떼 일제히 날아올라
먼 길 떠납니다


우리도 일어서야 할 것 같네요

# 반추反芻의 시학, 깊은 사유로 되새김하다

홍영수 시인·문학평론가

　어느 해, 땅끝 해남의 들녘을 걷고 있을 때였다. 갑자기 비를 머금은 짙은 먹구름이 몰려왔다. 발걸음을 재촉하면서 유심히 하늘을 쳐다보는 순간, 먹구름 틈새로 환한 한 줄기 은빛이 새어 나왔다. '한 줄기 은빛'과 같은 시적 근원을 체험하기 위해 시인의 눈엔 눈꺼풀이 없어야 한다. 시어를 찾고 발견하기 위해 세심한 관찰력과 열린 오감으로 사물과 대화하고 스며들어야 하기 때문이다. 박수호 시인은 눈꺼풀이 없는 눈으로 생의 표층이 아닌 삶의 심층과 무의식을 뒤지고, 난해하고 관습적인 시가 아니라 다른 언어와 다른 세계, 다른 삶을 얘기하는 시인이다.

필자는 박수호 시인과 20여 년 지기다. 상당 기간을 문학과 삶에 대하여 대화를 나누었다. 얼마 전 박 시인께서 시집 『꽃잎은 바람에 날리고』의 해설을 직접 부탁해 왔다. 나의 부족하고 어설픈 능력과 과문함에도 불구하고 응했던 이유는 오랜 시간 함께했던 시간의 발자취를 남들보다 조금 알아서 부탁하지 않았을까 해서이다.

이렇듯 시숙時熟화된 시인의 시편들은 인간관계론의 연작시에서 볼 수 있다. 여기서 '논論'은 경전 등을 해설하여 엮는 '논'이 아니라 자연과 인간의 관계를 상징과 비유를 통해 시적으로 발화하는 인간관계의 '논'이다. 시를 보자.

"헛된 말들이 비듬처럼 떨어져 있다"(「인간관계론 40」)에서 지저분해서 거부감 있는 '헛된 말'과 '비듬'의 등치를 통해 '말의 삼가'를 비유하고 있다. 그러면서 잠시 눈을 돌리니 비듬과는 상반된 이미지의 '연둣빛'이다. 그 잎에 화자는 미안함을 느낀다. 아니, 그 안에 젖어 들어 봄날의 순수한 새싹 같은 인간관계를 희망하고 있다.

「인간관계론 41」에서 '햇빛과 흐림', '만남과 헤어짐', '얻음과 잃음' 등 이분법적인 가름의 사유를 초월하면서

"이만하면 됐다"라고 말하는데 바로 눈앞에 시안詩眼이라 할 수 있는 "쉬! 조용"이라는 입간판(강조성을 띤 짙은 글자)이 서 있다고 한다. '생주이멸'과 '이해득실'의 이러한 말조차도 무슨 의미가 있겠는가? 세상을 깊게 관조하는 화자의 세계관을 읽을 수 있다.

오늘 이 바람은
어제의 바람이 아니라고 한다
—「인간관계론 42」부분


우리도 흐르지 않을 것 같지만
이 순간에도 흐르고 있고
—「인간관계론 44」부분


위의 시는 '세상의 모든 것은 변화한다'라는 헤라클레이토스의 '만물유전萬物流轉'과 불교의 '제행무상諸行無常'을 떠올리게 한다. 오늘의 '바람'은 어제의 '바람'이 아니고, 흐르지 않을 것 같은 인간도 여전히 순간순간 흐르고 변화한다는 것, 자연의 대표적 변화의 상징물인 '바람'과 '물'을 통해 덧없는 인간의 삶을 비유하고 있다. 더불어

화자의 깊은 사념을 확대해 보면 '동일성과 차이' 그리고 '차이와 반복'이라는 철학적 명제를 독자에게 던져주고 있다.

한겨울 얼어붙은 땅에서도, 보이지 않고 들리지 않지만, 작은 움직임들을 느낄 수 있다. 겨울잠 자는 개구리나 봄을 맞이하기 위한 초목들의 움직임처럼 "허리 굽히고 다가가 바라보면 꼬무락거리는 무언가 있다."「인간관계론 43」에서 보듯 화자는 미세한 오감으로 감각할 수 있는 것은 '마음이 없으면 보아도 볼 수 없고 들어도 들리지 않는다視而不見 聽而不聞'는 의미를 떠올린다. 시적 감성과 통찰력 없이는 볼 수도, 들을 수도 없다. 이렇게 자신을 낮춰야만 보이는 것들을 말하면서 화자는 눈에 잘 띄지 않는 미세한 차이의 발견인 앵프라맹스Inframince와 조지훈의 시 「승무」에 묘사되는 "얇은 사紗" 두께의 아슬아슬한 간격을 인식하고 있다. 그것은 인간관계에서 '낮춤의 미학'의 또 다른 이름을 얘기하고 싶은 것이다.


앞모습보다는
돌아서 가는 뒷모습에서
솔직함이 묻어날 때가 있다

앞을 향하여 걷기도 바쁘겠지만

걸음 멈추어 서서 뒤돌아보는

눈길을 따라가 보면

    —「인간관계론 47」부분


  누군가 그립거나 생각날 때 혹은 혼자만의 상념과 집
착에 빠질 때 외로움과 고독감을 느낀다. 어차피 인간은
태어나는 순간 목적도 의미도 없이 그냥 혼자 내던져진
피투披投적 존재이다. 그 존재의 외로움을 시인 오르텅스
블루가 "그 사막에서 그는/ 너무도 외로워/ 때로는 뒷걸
음질로 걸었다"(「사막」)라고 읊조린 것처럼 화자는 "앞모
습보다는/ 돌아서 가는 뒷모습에서" 오히려 솔직함을 발
견하고 있다. 의지와는 무관하게 던져진 외로운 존재, 그
래서 이 시는 실존주의 철학의 상징성을 띠고 있다.

  또한 시인의 시는 불온한 사회질서에서 오는 처절한
삶을 다소 거친 욕설의 시로 형상화해 진실을 얘기한다.
그리고 불평등하고 부조리한 사회적 삶의 위기에 따른
상대적 박탈감을 느끼는 사회적 현상을 의식의 위기로
승화시켜 정화해 준다.

잡년, 은~ 잡년
하고 뱉어내는 버릇이 생겼다
그러면 속이 편안해지고
복잡했던 마음이 가지런해지고
아팠던 골치가 개운해지기도 했다
 ─「잡년」부분


　화자는 '잡념'과 '잡년'의 두 이질적인 개념들을 결합
하여 조화로운 부조화의 형이상학파 시의 특징을 보여주
고 있다. 그리고 "잡년이라고 쓰려는 계획을/ 갖고 있기
라도 했던 것 같았다", 이렇게 시상 전개를 위한 밑자리
를 깔아놓고 "잡년, 은~ 잡년/ 하고 뱉어내는 버릇이 생
겼다" 하면서 속이 편안하다고 한다. 속이 편안하니 마음
도 가라앉혀지고 개운해질 것이다. 이와 같은 화자의 욕
설 아닌 욕설의 시는 일반적인 시에서처럼 정련된 언술
을 보여주지 않고 감정의 파편들을 욕설로 쏟아내는데,
그것은 독자들에게 카타르시스를 느끼게 하기 위해서다.
우리가 겪고 있는 불편한 진실들을 초월할 수 없는 한계
상황에서 오히려 이런 아이러니는 페이소스의 어조를 띠

기도 한다. 같은 맥락의 시「불립문자不立文字」를 언뜻 보면 시의 내용과 다소 거리감이 있는 것처럼 보이지만, 깊이 들여다보면 그 의미가 읽힌다. 이는 선종의 가르침인 문자를 떠나서 그 어떤 틀이나 형식에 집착하지 말고 얽매이지 말라는 뜻이다. 시인의 시적 품격을 그대로 보여준 시라 할 수 있다.

한 사내가 담벼락에 대고
오줌을 싼다
고개를 처박고 중얼거린다

씨펄 씨펄
니미 씨펄

(……)

씨 펄 네 에 미 씨 이 벌
　－「불립문자」 부분

몇 잔 술에 취한 사내가 담벼락에 기대어 고개를 처박

고 오줌을 싼다. 그러면서 "씨펄 씨펄/ 니미 씨펄" 하며 단순 경쾌한 운율의 2음절 반복법과 단어의 경음화를 통해 한층 욕설의 강도를 높이고 있다. 그러면서 "니 기……씨-이"라고 하며 말줄임표로 욕설의 농도를 점점 느리고 엷은 어조로 하여 흔들리는 취객의 모습을 이미지화해 상기시킨다. 어쩜 화자의 모습일지도 모른다. 그리고 마지막 행 "씨 펄 네 에 미 씨 이 벌"에서 어디로 끌려가듯, 무언가를 흘린 듯이 각각의 글자를 띄어 쓰면서 긴 여운을 주고 있다. 마치 각각의 글자가 메아리 되어 들려오는 듯이. 이것은 욕설을 통해 불온한 사회에 대해 큰 울림을 주기 위한 시적 장치이고 발상이다. 이처럼 '잡년'이나 '니미 씨펄' 등의 어투는 세상에 내던져진 화자의 소외감의 심도이면서 동시에 화자의 세상을 향한 강도 높은 질정으로 보인다.

또한 화자는 T. S. 엘리엇의 시 "4월은 잔인한 달"(「황무지」)을 연상하듯 「다시, 4월」의 시를 통해 제주의 아픈 역사를 읊조리며 근세의 4.19와 4.16을 떠올리게 하고 있다. 「얼룩」에서 보듯 얼룩진 한 시대를 겪고 건너는 동안 묻은 삶의 얼룩들을 생각하며 한 시대의 모퉁이를 돌아가는 화자의 시선은 늘 황폐된 사회 속 정신적 각성을 깨

닫게 하고 있다.

이러한 시의 배경에는 불의와의 타협을 거부하는 올곧고 투사적인 시인의 기질이 있음을 오랫동안 그를 겪어본 필자는 잘 알고 있다. 그러하기에 시인은 불안한 사회 현상과 현실에 대한 저항의 방편으로 다소 거친 독설과 욕설을 뱉고 있다. 이것은 참을 수 없는 감정과 욕구, 사회에 대한 화와 분노를 욕설로 대리 배설하는 것이다. 이러한 시인의 품격은 시인의 깊은 폐부 속에 근원적으로 자리하고 있다.

한편, 시인은 고향 해남의 기층적인 구어와 언어를 통해 시상을 전개하고 있다. 이처럼 지방 특유의 살아 있는 토속어의 사용은 시인의 고향에 대한 뿌리 깊은 에너지의 발현이다. 사라진 유년의 시간 속으로 걸어간 화자는 망각 속 기억의 편린들을 주워 모아 시상을 전개하고 있다.

어머니는 얼마 전
왔던 곳으로 돌아갔다

이제는 닿을 수 없고
만져지지 않고

그리하여 불리지도 않을
막연한 아릿함이 되었다


둥글다는 것은 슬프다
－「오도카니」부분


시제에서 보듯 일몰의 시각에 오도카니 헐거운 생각
에 잠겨 있다. 하고픈 말을 해도 뜻이 되지 못하고, 닿을
듯한 풍경은 밖에 있는데, 그 풍경의 흔적은 내 안에 있다
고 한다. 고향집에 "홀로 계시"던 "늙은 어머니"(「고향집」)
는 "얼마 전／ 왔던 곳으로 돌아가"고 화자는 돌아가신 어
머니를 생각하며 혼자서 오도카니 있다. "이제는 닿을 수
없고／ 만져지지 않"으니 얼마나 아릿하고 맘 아픈 그리
움인가. 그러면서 "둥글다는 것은 슬프다"며 툭 던져놓고
있다. '둥긂'은 어머니의 은유이다. 어머니는 화려함이 아
닌 소박함, 동적이기보다는 정적인 아름다움과 너그러움
속 순수한 성정 등이 어리숭한 둥근 맛의 달항아리를 닮
았다.
　이처럼 화자의 안에 흔적으로 남은 어머니의 둥근 삶
은 슬픔이라고 화자는 얘기하면서 어머니가 지은 가마솥

숭늉 맛 같은 은은한 시상에서 존재의 무게감을 느끼게 한다. 그리고 화자가 '둥글다'는 도형적 이미지를 '슬프다'는 감성적 심상으로 바꾸어놓은 그 감각의 치환에서 독자는 누룽지의 구수한 맛을 보고 있다.

오늘날의 세상은 표면적으로는 열린 기회와 복된 사회의 환상의 꿈을 각종 매스컴을 통해 비추고 있지만, 그 이면의 실상은 결핍과 고통의 부정적 요소들이 강하게 나타나고 있다. 누구에게든 고향은 온화함과 포근함을 느끼는 삶의 원형 공간으로 존재한다. 작금의 탐욕과 이해 득실에 매몰되어 가고 있지만, 그래도 삶의 현실에 힘들고 지칠 때 시적 상상력은 흰 구름 속에 흐르는 유년의 기억의 조각들을 떠올리게 마련이다. 그것은 언제나 어머니 품처럼 따스함과 위무감을 느끼게 하기 때문이다. 화자의 여러 시편에서 이러한 시상을 볼 수 있다.

"내 그릇의 크기는/ 종지기만 한 것 같아"(「화담禾淡」)라고 말하는 친구의 순수함과 겸손함에서 화자는 천하의 황진이도 어쩌지 못했던 동명이인 화담 서경덕의 품격을 비유하고 "어머니/ 응/ 인자 돌아가셔도 좋겠소/ 아야 먼 뜬금없는 소리냐"(「성한이 형」)와 같이 토속적인 언어인 땅끝마을 해남의 탯말을 사용하여 해남 지방 고유의 정

취와 정겨움을 드러낸다. 그리고 "푸른곰팡이가 자라는 방에서/ 발톱을 깎던"(「우리 집」)에서는 시골 작은방에 군불을 지피고 거기에 누룩을 띄우는 풍경을 떠올리고, 부르기만 해도 시가 되는 각종 꽃들의 이름과, "내영이 청계 구철이 미정이 영수 부식이 보경이"(「꽃잎은 바람에 날리고 나는」) 등등 '박수호시창작교실' 문우들과 고향 친구들의 이름을 나열하면서 현재와 과거의 병존 속 화자의 인간관계를 얘기하고 있다. 또한 '말뫼(마늘뫼)', '샘잔등과 개보', '너멧동네', '제발등과 우터구', '뒷방죽'(「말뫼봉 아래 안동에서는」) 등등 동네 지명이 고향의 이미지와 결부되면서 시골 풍경의 정감을 배가하고 있다.

이처럼 누구도 묻지 않은 질문을 던지는 자유로운 영혼, 빛 속에서 어둠의 그늘을 찾는 박 시인의 시집 『꽃잎은 바람에 날리고』는 자신의 주변 일상사에 대한 솔직한 고백과 삶의 입각점의 이곳저곳을 깊은 사유로 되새김하는 반추의 언어가 중심을 이룬다. 그리고 시인의 체험적 삶의 얼룩이 묻어 있는 시공간에 대해 물끄러미 바라보는 관조가 주조음을 이루고 있다. 그렇기에 시 속에는 일상적인 삶의 천연성이 묻어난다.

그리운 것들이 등불을 켜고 있는 예향인 땅끝 해남에서

태어나 교사로서 그리고 중견 시인으로서 삶은 결코 탈속적, 추월적 세계에만 머물지 않고, 순박하고 단아한 시의 숨결에서 통증과 사유의 고열을 앓고 있음을 알 수 있다. 시인과 동향으로서, 동인으로서 존경을 표하며 아울러 필자의 부끄러운 졸문에 대방의 질정을 바랄 뿐이다.